文化生活叢書・詩文叢集

雲外樓詩詞集

關應良　著
楊永漢　主編

山居圖

濃霜滿評無紅葉　晚日高枝有白雲　鄭谷

稚李盛时維宋寅　雪霜多後貼青蔥　主商德

知雪所亏都為依松任勾故平　書之笑朱山月山善又题

山善畫

蒼松圖

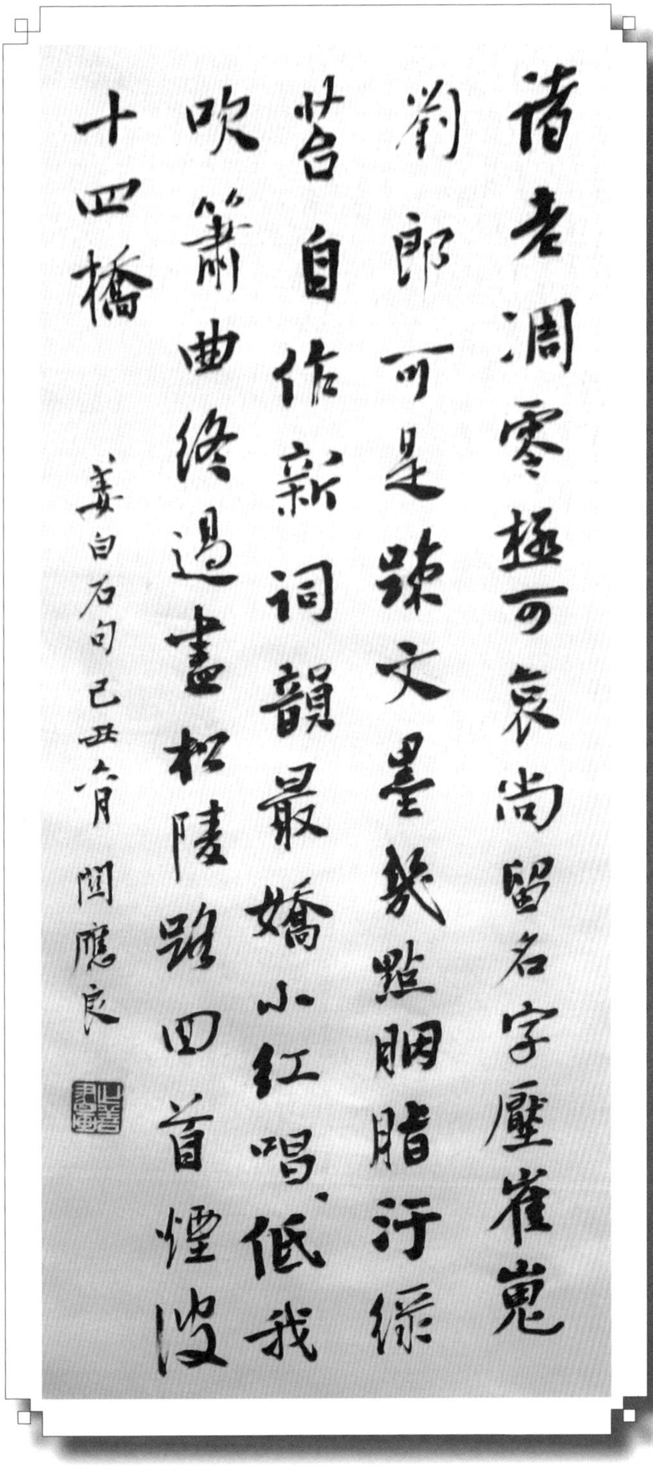
耆老凋零極可哀尚留名字壓崔嵬
劉郎可是疏文墨幾點胭脂汙綠
苔自作新詞韻最嬌小紅低唱我
吹簫曲終過盡松陵路回首煙波
十四橋
姜白石句 己丑六月 閻應良

行書錄姜白石句

江村圖

匯流

關應良字止善，廣東順德人，一九三四年生於澳門，三五年定居香港。工傳統中國山水画，亦善寫書法，偶為詩詞，亦頗秀麗，藝術作品為士林所重。

作者生活照並附西貢山色圖

雲外樓詩詞集目錄

雲外樓詩

務本草堂詩稿

香城同學性勤敏，從余習山水畫有年。宋元以至清代諸家多所臨摹，尤喜效法石溪上人，燥渴華墨，頗得其神理。頃

雲外樓詞

附錄

雲外樓詩詞集序一

洪肇平

五十年前余於石塘咀潮青閣侍　希穎師習詩詞，輒於花朝月夕，烹茶噂酒，閑談暢論古今文苑人物，亦及居港近人，師語曰：「有關應良者，工書畫，能詩詞，彼乃後起輩中傑出之人物也。」余雖未識應良，然心中默記其名字。數年後，於詩酒社集之會，席上得識應良先生，恂恂儒者之風，余得而親近之。應良先生於席上高吟　希穎師詩句云：「人棄尙餘殘月伴，樓高翻見萬山臣」，抑揚低徊，座上賞音不絕。余甚訝其兩人之緣分有如此者，席間余與應良先生相視一笑，莫逆於心。余喜於三餘之暇，步行攀登太平山，路上時遇應良先生，山間交談，樹下共憩，或望海天之一色，或俯視樓臺之高峙，靈心岫影，水流不競，相知亦日深，輒於夜間致電通話，論文說藝，已歷二三十年矣。先生之書之畫，造詣深不可測，若江河之赴大海，無涯無際，其於山水尤精，故發爲詩詞，寔得山水之靈氣，情景交融，加之於深情至誠，刻畫入微，唐王維詩中有畫，畫中有詩，此乃東坡之譽王摩詰者；

應良於詩畫能一以貫之，實今之王摩詰者邪！夫人稟七情，應物斯感，感物吟志，莫非自然。夫詩詞用以言志託意，必出自肺腑之言，契乎自然，斯為可傳之作也。應良摹山範水，深得山水之奧妙，故其所作寔得自然之妙境，余誦其雲外樓詩詞集，彷彿如登山涉水，其趣無窮。歲月如流，當年吾師眼中之後起之輩，今已八十餘遐齡矣！其詩筆老而彌辣，如日方中，縱橫於藝文之領域，已為大師級矣，乙未年冬日楊永漢教授為其校對詩詞稿以備刊行於世，命余為之序，余樂而為之，歲在乙未年十一月晉江洪肇平序於可樂居。

雲外樓詩詞集序二

楊永漢

癸巳年主編《孔聖堂詩詞集》，得關夫子止善先生《雲外樓詩詞集》，奉讀再三，悠然而生深山曲徑之思，有流水行雲之感。縈縈餘韻，嫋嫋盪魂，凝翠而挹清芬，流風如臨峻嶺，幾疑身在雲外，一洗塵埃。後知先生詩詞，尚有遺珠未現，急不待矣！遂結集成篇，使清逸彰於時，名篇傳於後。復睹先生書畫，余雖為門外之漢，亦感其氣韻自然，濃淡有致。畫意能寄於詩詞者，當今之世，難覓其侶。其畫標格極高，雲水恬靜，釣舟茅舍，如無爭之處士，隱世之高人。其詩詞者，雲淡風輕，如流雲千里樹，飛羽萬重山。其山水之趣，見於詩詞中，樂亦無窮，又別立一幟。復聞先生師承於梁伯譽、盧鼎公兩老先生，詩詞則就學於南海才女張紉詩女史，名師而出高徒，能融三家之學，畫者有詩意，詩者有畫境者，關夫子也，實成一家之學已。詩詞集既綴，將付剞劂，囑余為之序，雖誠惶誠恐，惟將心中思臆，陳於序中，乃對先生之敬也。乙未歲杪後學楊永漢謹序於香江孔聖堂。

雲外樓詩

畫擬王叔明畫法

不畫此皴二十年，牛毛重寫引山泉。西風吹落無名葉，臂健青松欲插天。

自題古寺鐘聲圖

雲散朝陽出，參差見數峰。悠悠天地意，都付一聲鐘。

次林策勳詞長重遊香港原韻

重會高人未問程，香爐峰下采風行。如雲詩筆題春晚，隔樹黃鸝對客鳴；
酤酒市頭無俗念，論文筵畔見眞誠。他年共返中原去，料有松梅夾道迎。

奉和紉詩女士生朝二首原韻

其一

大隱無聞詩畫兼，晴窗開卷不窺簾。一生重道名心淡，百事隨緣韻律嚴；
花筆有神春滿座，客途何礙燕歸簷？南遊萬里流風在，警句如今又再添。

其二

挾卷清遊第幾回？歸家帶得百篇來。硯邊語入炎方境，春後花從筆底開；
異地詩成懷故國，騷壇酒會頌奇才。市樓今夕燈如月，揖讓傳觴鷲嶺隈。

自題獅山夕照圖

獅伏翠微巔，斜陽萬戶煙。靜看人事改，草木尚依然。

題自寫山水

其一

閒來詞筆染丹青，寫出秋心不定形。卻羨圖中搜句客，泉聲雲影滿芳庭。

其二

暮雲橫野徑，古寺發清鐘。驚醒登臨眼，秋山一萬重。

其三

雲過見青山，朱樓川上立。有人卷畫簾，待放朝陽入。

其四

丹楓如錦織秋容，抱得琴來不曳筇。曲罷悄然南北望，銜書一雁起前峰。

題自寫山水

其一

數峰商畧黃昏雨，一水潺湲太古音。結宅林間書滿架，直逃秦火到如今。

其二

白雲簷際起，飛瀑樹間來。門對羊腸徑，山花日日開。

戊戌暮春之初幼稚園修禊

被日瓊杯皓似星，趨陪禊只又躋庭。酒鄉對話如無相，腦海裁詩不見形；
嶺外晴光臨晚紫，樓前樹色入簾青。何時攜手山陰上？一看清流激故亭。

題自寫山水卅首

一

不管干戈滿世間，圖中自有可棲山。門前長繞清泠水，已勝秦皇百二關。

二

散餘雲彩鳥穿林，一角山樓野色侵。中有幽人春夢裡，不知斜照滿詩襟。

三

樓頭獨酌月弓彎，長照行人往復還。世自巧機心自淡，不如扶醉畫雲山。

四

畫裡家家尚擣衣，邊城遠戍幾人歸？衡陽征雁橫秋日，定有音書到野扉。

五

門前飛瀑響潺潺，漸送春光過隔山。老樹紅棉花似火，尚餘豪氣壯荊蠻。

六

花落花開春復秋，閒將心緒畫扁舟。江湖滿地煙波闊，漁火多情暖白鷗。

七

煙水迷茫雁影微，秋回林表葉初飛。此中幽趣無人會，如許斜陽屬釣磯。

八

望中巒壑草萋萋，隔岸花飛杜宇啼。一片傷春心上影，也隨潮水逐高低。

九

芳菲紅紫認高低，買醉前村路未迷。風送琴聲橋上過，伯牙彷彿在林西。

十

風流人物去無還，遺稿飄零見一斑；贊到子淵搖落賦，筆含秋水寫秋山。

十一

自寫流泉共客聽，到無塵處便忘形。何須刻意爲枯淡？滿硯西風畫自靈。

十二

西風消息近山知，不忍重看落木時。故染楓林作春色，盡招蜂蝶到花枝。

十三

誰家不繫木蘭舟？潮落潮生任去留。待約知心同入畫，臥看林表曉山稠。

十四

寫出秋心自悄然。幾行征雁過長天！月明山靜嫌枯淡，一絕添題葦荻邊。

十五

捲簾雲過一窗明，硯水無波寫性情。三尺丹青懸壁上，柳搖嫩綠報春生。

十六

曾向詩中識洞庭，偶然操筆寫沙汀。背風蘆荻成天籟，何日眞能月下聽。

十七

焚香深坐是非無，夢醒閒窗自寫圖。尺寸依稀游釣地，白雲迷寺更迷湖。

十八

漏移春夢被花知，雲霞朝陽入戶遲。爲愛尋詩樓上望，綠蔭灘畔釣翁癡。

十九

霜落平林楓葉丹，西風吹月滿前灘；參差如夢關山影，今夜應同子野看。

二十

山外柳分吳楚路，水邊桃映兩三家。酒旗不颭人初醉，一夢關河入晚霞。

二一

水邊紅葉不知愁，風裡紛紛又深秋。向晚搜詩簾半捲，滿襟寒日倚江邊。

二二

新竹數株搖水碧，古松一樹搜天蒼。亭中閒閱羲皇世，物我渾然兩自忘。

二三

結宅江濱遠市囂，秋林搖曳晚蕭蕭。難禁身似經霜葉，更逐斜陽過野橋。

二四

山圖重讀憶當時，慘淡經營下筆遲。寫到春深人亦倦，眼中惟見白雲移。

註　此幀舊作也，今再讀之，因題一截。

二五

自揭玄黃咫尺中，高懸一室滿春風。仲圭此日如回首，可許襟懷異代同。

二六

人境炎涼地，萍根西復東。寄情圖畫裡，放艇自推篷。

二七

雲散朝陽出，參差見數峰。悠悠天地意，都付一聲鐘。

二八

日晚水流霞，潮回岸帶沙。引飄風乍過，雲斷見山家。

二九

榴花隨夏謝，野徑待人來；倚杖看雲久，昏鴉接翅回。

三十

弄煙垂柳弱，逐水小舟輕。出沒滄波者，何須問姓名。

大廈吟

遍地秋風起，推窗日在東。普照新營廈，聳拔青雲中。白石犖四堵，門檻壓青銅。

彩燈明徹夜，不懼雨和風。居者誰家子？絕非田舍翁。閒鳥千層霄，忙魚宿軟空。

浮沉勢雖異，化育本同功。奈何垂紳者，憂生意未通。據地築高樓，迫遷不相容。
貧苦何所歸？身如斷梗蓬！嗚呼！突兀眼前屋，重賦待杜公。

和松鶴詞丈題宗素墨梅冊原韻二首

一

煙月簾低舊絳紗，天南春盡數飛鴉。不知楊柳添新綠，會見檣帆憶故家；
五百華年惟隱逸，一時沉陸問餘些。江山未許詞心住，夢到毫顛別路賒。

二

支離異地暑中開，歸夢悠悠往復回。傳語荷風休遣使，但棲明紙不須媒。
石邊蘿月千年樸，世上衣冠半夕灰。江北江南曾照水，天涯未見故人來！

為千畝作山水並題一律

淡泊平生筆硯知，十年寫盡水雲姿。荊關去後山何薄！君我來遲蔓且滋。
一幀初春垂釣畫，數株香雪著花時。戰塵此際滔滔是，何日同看北嶺枝？

江濱即事

獨繞天涯江水行，日斜風岸柳腰輕。紅榴綠竹俱無那，野蝶閒蜂互訴情；
去國初驚歸路遠，回頭猶是故山橫。晚潮勿奪遊人意，更作芭蕉和雨鳴。

蟬

其一

夢醒枝頭閱世情，年年此日試新聲；可憐入破清高際，萬綠遮天總不明。

其二

連連賦就沈郎詩，書入冰箋欲寄誰；柳外青山橫去路，因風傳語至今疑。

其三

葉舞西風唱別枝，箏弦移柱使人悲；虹收雨滿殘荷蓋，疑是金莖捧露時。

其四

彼岸無橋一水通，相思搖盪欲浮空；秋霜不念丹楓散，留得餘音和斷鴻。

佛學班同學會寫生

重疊雲山起伏濤，眼中奇景欲呼號。畫壇代有英才出，接武登峰看爾曹。

春望 二首

日照千山抱水明，江南望斷若爲情。南來飛鳥北回後，萬里平林春復醒。

昔年風物尚依稀，春入天涯認故扉。莫問簷前先到燕，羈人夢轉未曾歸。

春思

霧失天邊樹，風驚水面鷗。試燈春欲轉，念國夢空浮；

詩覓歸途去，心隨柳絮遊。清平城闕外，舞遍夕陽樓。

自題秋江晚渡圖

澗淺泉聲薄，岩高日色微。雲殘天漸醒，葉逐鳥斜飛；向晚尋幽徑，明朝與俗違。

寒江新浪起，山外掩門歸。

題羅冠樵作春夜宴桃李園

詩仙有序頌春光，桃李花開客滿堂。悟得浮生原是夢，不辭巵酒入飛觴。

題雪 癸酉二月

青衣搖曳夜涼中，冰雪姿容半晌空。彩筆寫成仙子相，詩題唱詠樂無窮。

黔地山色

貴州多流泉，山嶺復重疊。策杖行其中，高吟意自愜。

夢中作

簾前疊疊闌干曲，絡緯無端聲轉促。一夜西風滿水涯，秦淮減卻當年綠。

夜起

入眼燈光渾似夢，變商徵調不成歌。誰教負卻邯鄲枕，自是年來感慨多。

秋日登羅浮山

福地知名久，仙山今始遊。一車登古觀，萬象入深秋。丹灶青煙靜，藥池碧水油。濟民傳肘後，餘訣更何求。

從蛇口晚望屯門

燈火萬千家，屯門入望斜。華夷無界限，一樣浪淘沙。

題梁伯譽夫子萬里尋師圖

春雲秋月樂漁樵，萬里尋師路不遙。得悟玄機明造化，千山林木接青霄。

自題仿倪雲林枯木竹石圖

雲林畫氣世無雙，開卷風回心已降。寫到疏篁搖曳處，瀟瀟春雨滿書窗。

題自寫黑蘭圖

葳蕤在深谷，葉葉生春綠。誰是知心人？惟有傲霜菊。

甲寅初夏偕漢基鈺貞懿生世輝諸生南丫島寫生口占

其一

一徑通幽綠上衣，海天渺渺白雲飛。心隨鷗鷺煙波外，萬里江關待我歸。

其二

碧樹數株遠近收，江天橫攬筆端流。圖成一笑胸襟豁，不負浮生半日遊。

題自寫山水

一

柳外江天一抹霞，柳邊紅點兩三家；酒旗不揚人應醉，夢繞關河別路賒。

二

築宅臨江遠市囂，秋林搖曳晚蕭蕭；自憐卻似風中葉，更逐斜陽遠水漂。

三

曾在詩中識洞庭，偶然操筆寫沙汀；背風蘆荻如潮籟，何日眞能月下聽！

四

新竹數株臨水岸，古松兩樹倚青天；羨他閒坐亭中叟，心與天遊不問年！

五

西風消息我先知，不忍重看落木時！盡把楓林染春色，好教蜂蝶臥花枝。

六

焚香深坐是非無，更看閒時自寫圖；重到夢中游釣地，白雲迷寺且迷湖。

七

拂溪垂柳媚，逐水小舟輕；出沒煙波者，何須問姓名？

乙亥初冬題黃建中先生書法展覽

書道由來不易行，黃侯瀟灑腕生風。一枝綵筆傳蘇蔡，滿壁貞光意匠宏。

自題松壑鳴泉圖辛卯年六月六日

嶺樹蔥蘢合遠天，淩空高閣據山巔。千盤怪石懸風磴，一罅靈根瀉玉泉。

庚辰年六月廿八日疊前韻再題

莫問秦天與漢天，山花紅紫滿山巔。琴書都在煙雲外，千載憑欄聽野泉。

己卯年爲周正光作山水長卷並賦二十八字

平生最愛夢江湖，不限華夷一棹娛。行遍東西南北路，歸來細意爲君圖。

題赤壁圖

逐鹿斬蛇歸史蹟，江山千古非沉寂。穿空亂石浪淘沙，羨爾騷人遊赤壁。

梁伯譽老師春山旅圖

吾師自有千秋筆，寫得春山雲四出。卉木爭開解語花，秋來夏去收秋實。

註

金舜影畫盟出　先師梁伯譽先生中年作品，屬余誌如語　先師迺李瑤屏太師弟子，於宋、元、明諸家筆法，無所不學，且每學必優。余臨楮惶慄，不敢妄言。謹賦絕句乙首，并命斯作為「春山行旅圖」。求金兄有以教我，則幸甚！幸甚矣！

春日作山水畫并書數語

寫畫貴能用筆墨，鋒宜正直偶爲側。瘦硬通神論作書，此法調色和水更相得。

澤銓先生屬題

眼前波上下，我心仍閒暇。悠悠懷遠人，眞情原無價。

辛巳年自題橫幅山水

山色眞宜看暮晨，雲開雲合兩無因。峰巒都在氤氳裡，路曲闌危不遇人。

樂翁八十詠懷敬步原玉

盛世聯吟樂此天，君能修德享高年。春風化雨無虛席，學子潛心有夙緣；
幾輩尊師藏酒老，今朝祝嘏品魚鮮。飲酣攜手尋詩望，官富灘頭月滿肩。

懷張韶石先生

風過天香撲面來，無人不仰先生才。木蘭堂上曾爲客，硯畔看花頃刻開。

自題野橋煙樹

倪迂筆墨最清新，渴暗之中自有神。數百年還傳一脈，漸江而後又何人？

張韶石先生玉堂春立軸

不是木蘭。亦非辛夷。清香四溢。宜遺所思。

梁伯譽先生松陰清話圖

長松千尺向天參，松韻泉聲入耳酣。滌盡胸中塵垢事，年年此地約清談。

題陳蕙森山積翠圖

策杖向橋頭，溪邊春事幽。山深藏百色，海闊納千流；
識得丹青趣，能消世俗愁。閒來圖一棹，呼醒欲眠鷗。

潘新安詞長招飲勒流河畔詩畫以謝

新翁要午飲，暢敘勒河邊。得酒詩腸潤，高歌復扣舷。

臨沈啓南先生山水軸並賦得短句

石田精六法，筆力最功深。大斧班門弄，可容一瓣心。

再遊意大利次和洪肇平贈韻

一

二

詩人贈句壯重遊，浩蕩雲開見綠洲。一自復興文藝後，名都名迹氣清遒。

但丁墳畔好尋詩，自古騷魂感別離。冷翠我來風景異，臨樓披卷想當時。

自題黃山圖

曾探黃山逾十年，於今記憶尚新鮮。揮毫落紙雲開處，幾樹蒼松插遠天。

自題江山春滿圖

勝日登高去，江山一覽開。歲除春入戶，漲氣透衣來。

題江生香城幽居讀書圖用粱子江韻

世情看淡住山村，掃地焚香鳥不喧。一枕夢迴三界遠，無人無我無朝昏。

南雅島自索罟灣至東澳

嶺色千重綠，濤聲萬疊長。扶筇東澳去，回首路羊腸。

香城同學屬題黃山圖卷

始信天都相抱連，蒼虬迎客出雲煙。何時橐筆登高處，綠染群峰法自然。

自題楚江夜色小景

楚山無盡楚江長，楚客悲歌欲斷腸。如此天涯如此夜，不須離別也神傷。

自題小幅山水

出岫閑雲白，横林隔岸青。扁舟猶未見，徒倚望江樓。

題畫

林泉山石裡，隱見董源神。子久眞能手，推陳更出新。

夢中作

簾外疊疊闌干曲，絡緯無端聲轉促。一夜西風滿水涯，秦淮減卻當年綠。

題江香城山水立軸

世事紛紛亂，端居在市纏。寄懷憑彩筆，多寫在水泉。

自題山水畫

雨過樓前生白煙，雲林山石清湘泉。閒來研就龍池墨，寫出江南二月天。

註 龍池墨乃南朝鮮出品。

戊寅之春爲陳蕙森寫山居圖並賦

多讀詩書畫格清，濃淡乾濕縱橫盈。牛毛皴筆如飛白，水能破墨氣韻縈。青林簇簇滿山麓，兩岸互通憑一木。風送琹聲何處來？窗前搖動數竿竹。蕙森賢弟愛山巒，好寫山樵予之看。高懸壁上臥遊側，江天入眼胸襟寬。

庚辰自題山居看雲長卷

題寫倪迂意，翻然似大癡。春深雲在岫，化雨待乘時。

己卯送簡元儉之澳洲

攜家移硯住南洲，遂爾平生萬里遊。有日春風樓上望，神州依舊海天浮。

自題山亭午飲

半山亭館竹青青，偶讀離騷有客聽。午醉夢迴荊楚地，已無義士哭秦庭。

香城同學性勤敏，從余習山水畫有年。宋元以至清代諸家多所臨摹，尤喜效法石溪上人，燥渴華墨，頗得其神理。頃持此索題，爰書一絕歸之

群峰雲散見清奇，色墨紛披任所之。若以分書飛白法，皴山點樹更相宜。

題于右任先生書禮運大同篇

展卷臨窗誦大同，尼山化育道無窮。千秋儒術能相繼，于老揮毫接古風。

題江香城山水

路轉山重複，臨江聽水瀨。薰風拂面涼，更復吹衣帶。

戊寅端陽後二日寫夏山圖遣懷并賦五言

師古復師眞，下筆見天性。畫山入山住，居易以俟命。

題趙崇雅先生畫山水二首

一

草樹連雲密，人家得地安。山中忘歲月，九畹盡芝蘭。

二

趙君筆下彩斑斕，樹厚山頭水碧灣。識得僧繇暈染法，多圖峻嶺好登攀。

美美同學女士屬寫山水卷，合湖南洞庭、江西廬山於一

圖，五易宅，之暑而成，并賦二十八字歸之

洞庭水落漁梁淺，五老之巔青草遍。事藝黃生三十年，自然識得眞和善。

次和梁衍祥先生游春韻

晚唐文字似山稠，夕照平原待俊遊。雅意西崑薪火繼，清辭南嶺白雲浮；

驅車昔日望雁宕，迴筆今朝畫龍湫。鳥語窗前春正好，元宵又近月明不？

踏莎行 水仙花

綠竹凝煙，紅梅帶雪。當年曾賦同心結。春歸一任道裝殘，翠腰不爲行人折。
夢醒天低，更深雨歇。羈懷到此無由說。隨風簾下發幽香，將燈認作家山月。

清平調

聞道上林花未殘，頭頭煙雨滿青山。春寒換盡宵來暖，夢裡遊人不敢還。

漁歌子 題畫

雨後殘陽弄小船，潮平竿靜釣斜川。山色轉，水光圓。孤鴻衝破白雲天。

滿庭芳 九日登太平山

撥草尋詩，西風迎面，江南秋盡如春。白雲散後，沙浦繞漁村。路轉山形頓改，危欄下，樹擁行人。疎林外，風箏競逐，童子自天眞。

幾匀，遙望處，煙深水闊，腸斷愁新。歎潮平又起，葉聚還分。千古興亡如此，飄零久，異地誰親？斜陽冷，殘蟬滿耳，斷續說前因！

浣溪紗 再集幼稚園

重會高樓景物新。詞腸被酒覺秋溫。半酣得句淨無塵。風弄華燈山外轉。葉敲飛蓋席中聞。夜深歸路月如銀。

（前調）

兩袖西風小徑東，黃花搖曳暮煙中，夕陽之外幾聲鐘。記得昔年吟賞地，只今惟有遍山松！更遮南下報音鴻！

（前調）蝴蝶谷醉歸

帶醉沉吟路幾彎。林籔明月滿秋山，未逢車馬覺心閒。墻外行人何太急？樓邊闌檻自回環，西風才過笛聲殘。

江城子 己亥除夜還緋桃一枝翟秉文伴之回齋用稼軒韻寄興

彩燈換市喜新晴，繞花明，萬枝橫。花底遊人，爭和踏歌聲。如面緋桃君賞識，今夜晚，並肩行。

東風爆竹報江城。又春生。不勝情。歸向樓頭，相對話承平。彷彿武陵新渡口，塵世外，且深傾。

臨江仙 丙申除夕依永叔體

乍聽東風吹滿世，柳絲飛入樓西。宵來詞筆送冬歸。可憐三月後，春又往天涯。

待勸落紅休亂舞，應留一半花枝。江南十月見春回。勿忘今日約，雪裏訴相思。

離亭燕

風過閒雲將斷，透出斜陽如線。小立江濱花意倦，底事相思重展。綠水送春歸，未許扶春登岸。

枝上新蟬聲亂，葉裡黃鸝聲轉。同是心中無舊夢，誤把多情眷戀。天外有歸帆，曾否和春相見。

清平調二首 題春山白雲圖

燕子重來對對輕，白雲散處見山亭；東風勿把行人誤，多少黃鸝喚客名。

路轉仙台認未眞，山花閒坐笑忙雲；日邊回首僊峰遠，散盡泥塵策杖人。

鷓鴣天二首 題畫

一

席散溪邊緩緩遊。長蘆短荻白煙浮。密雲接地迷江岸，疏柳斜腰引素秋。

潮漸長，興難休。幾家樓上下簾鈎。風中歸鳥穿桐畝，多少漁翁繫釣舟。

二

一夕新霜草未凋。扁舟篷短夢蕭蕭，蘆飛月岸驚鷗起，詞入秋空怕水漂。

秋思長，夢痕消。何堪更聽咽回潮。風聲怨盡西風急，日上丹楓滿覺橋。

江城梅花引

幾株籬角倚輕煙；對江天，寫江天。若問天涯，人世是何年？重記當時紅片片，綺窗畔，逐春風，入紙邊。

紙邊，紙邊；蕊千千，霜壓肩；恨鑄箋。怕也怕也，怕月過，竹外階前，斷想壽陽，樓閣換晴川。定有倉庚枝上說，春漸薄，路東西，夢未圓！

附：江城梅花引（憶舊用應良韻）梁藥山

簾外黃花罩晚煙；對霜天，隔雲天。伊人小別，轉眼已經年。似火江楓紅片片，吹落葉，逐回風，去那邊。

耳邊，耳邊；語萬千，韡香肩；疊瑤箋。夢也夢也，夢不到，綺閣妝前；雁魚千里，阻隔疊山川。待折梅花枝上老，春不管，情未斷，月難圓。

憶江南五首

星辰換，春夢被花知。水也任魚逃世外，東風過盡捲簾時。江上釣翁癡。

堤邊柳，一半潮模糊。今日臺城人已渺，休傳舊幔在江湖。知否鳥迷途？

登臨處，千里浪浮銀。樹影東移天欲睡，群山閒盡獨忙雲。世事不平分。

箋舊夢，燈下學填詞。心事盡移凹硯裡，始知墨底路參差。春在那邊歸！

相思淚，灑向竹林前。他日新篁非个字，應如紅豆惹人憐，也可補情天。

長相思

風滿城，日滿城。春入江山望故京，極天飛鳥輕。

花有情，夢有情。號角長鳴人未醒，沉沙戟自橫。

山花子 石塘晚眺

樓外秋山一萬重，繞山漁火接天紅。月送漁歌滿瑤席，大江東。　錦幔鴛鴦才渡水，銀屏孤竹自迎風。多少平生惆悵事，淺杯中！

（前調）冬日登紫霞園探梅

數點寒香破晚煙，天涯相對佛燈前。夢入羅浮春正好，太平年。　漫說中原長笛換，更看隔水夕陽殘。山外征帆低又起，幾時還！

（前調）冬陰

漠漠寒雲弄午陰，軒堂小集勝登臨。談到興亡詩思換，短長吟。　窗外疎篁青入紙，几邊水墨惜如金。日暮壁間隨點舞，近商音。

錦纏道 春遊

似筆垂楊，寫一幅中和景。最多情，得春山嶺。連綿青入江南境。爭送行人，更懶通名姓。　滿庭芳草心，又侵花徑。與東君，舉杯乘興。盡歡時桃李都同醉，帶煙搖曳，高意誰來領？

鷓鴣天　赤柱探春

送客垂楊欲過亭，平分春信入潮聲。一雙燕子林間沒，三五漁火水上迎。知有腳，歎無形。斜陽細雨樹爭青。暮雲移嶺塡心坎，歸向樓頭畫雨晴。

浣溪紗

欲問斜陽已過廊，春寒依舊滿軒堂。坐聽雙燕話滄桑。人散夜深爐尚暖，畫燈照壁似秋霜。酒醒還又怯更長。

眼兒媚

管弦聽罷欲黃昏。風緊閉重門。危闌怕倚，清尊獨把，飛魄消魂！　前因休被黃鸝說，春盡也無文。晚霞紅處，新蕉綠際，橫斷乾坤。

十六字令

一

春。攜手郊原記得眞。斜陽暮，花影送行人。

二

秋。冷月穿簾滿畫樓。星辰換，還自夢揚州。

三

涼。入夢湖山只斷腸。人何處，雙燕又辭梁。

四

風。吹出秋聲遠近同。天涯路？多少落梧桐。

訴衷情

沈吟扶醉夜歸遲，燈火爲誰稀。隔簾人在歌裡，弦冷再彈時。情黯黯，夢依依。可曾思。舊遊風月，舊寄鸞箋。舊折花枝。

南鄉子

燈火漸連城，入袂西風已不輕，小閣臨江餘返照，前汀。潮打歸舟卻未平。
長記是春晴，桂棹同登話去程。豈意如今魂夢隔，人情。恰似秋雲不定形。

好事近 自題江山秋思圖卷

灘畔起西風，吹醒夢中楓葉。千里江山如錦，暗秋雲重疊。倚樓長望雁南飛，爭奈
暮天闊，返照徘徊蘆葦，趁寒潮嗚咽。

虞美人 公園見鴛鴦

日高還向花陰臥，不放春閒過。樊籠深鎖興無多，猶勝相思迢遞隔山河。
江南如夢君休問！又是清明近。華年一瞬自成塵，寄語小樓簾下繡花人。

蘇幕遮 半山夜行

平林中，明月外。細踏紅塵，塵裡寒風起。落葉飛來無地寄，期訴相思，未諳行人

意。屋如雲，燈似水。眼底香江，畢竟多情地。今古繁華如夢耳！世外樓頭，那有秦民至！

浪淘沙 舟中寄懷吳邦彥英倫

憑檻氣清新，鱗浪篩銀，回頭不見舊征人！隱約當時離別處，散盡鷗群！
山外起浮雲；橫入江濱，望中個個是桃津。心事誤隨飛鳥去，尋遍前村！

秋蕊香 採菊

窗外誰彈前調？又向故山微笑。今朝正比當年好，歸去淵明閒嘯。
晚來更有斜陽照。愁難了。卻憐寂寞東籬繞，折得幾枝秋老！

長相思

風滿城，日滿城，春到江山望我京。極天飛鳥輕。
花有情，夢有情，號角長鳴

人未醒，沉沙戟自横。

憶江南

登臨處，千里浪浮銀，樹影東移天欲睡。群山閒盡獨忙雲。世事不平分！

清平調

聞道故園花未殘，回頭煙雨滿青山。春寒換盡宵來暖，夢裡遊人不敢還。

菩薩蠻

白雲移岫迷東海，心中故苑梅還在。雪後倚欄干，新姿不怕寒。　相思書未了，鴻雁江南少。無語對斜陽，夢和山水長。

祝英台近 白杜鵑花

近清明，飛紫翠。庭畔擁煙睡。雨歇層樓，剗地峭風起。夢中初試新姿，乍青還白。自醒後，詩懷如水，冷吟味。
共月移過欄干，重拋又重至。莫問蜀宮，曾換幾人世。而今躑躅江潭，誰憐春盡，
送春去，不成紅淚！

憶江南

箋舊夢，燈下學填詞。心事盡移凹硯裡，始知墨底路參差。春在那邊歸！

昭君怨

春盡餘寒未散，柳絮因風瀰漫。蹴起杏泥香，燕雙雙。羈客飄零無著，怕比野僧蕭索。北望是江南，雨煙酣。

憶秦娥

春將去，徘徊簷下憐飛絮！憐飛絮，江南一樣，綠楊煙雨。

滿懷舊恨無由訴，相思夢隔天涯路。天涯路，微波未起，倩誰通語！

相見歡

參差樹影湖中，月如弓。舴艋不知何去載西風。霜葉落，驚孤鶴，又驚鴻。畫裡秋心應在短牆東。

調笑令

春好，春好，薄霧透簾太早。簾前滿院殘香，誰惜萋萋草芳？芳草，芳草，春去夏來私老。

搗練子

漁父去，鷺群回。潮上蘆邊舟自開。水浸斜陽人未渡，西風送盡雁聲哀！

醜奴兒

鳥聲啼上東山日，八表同明。簾卷空清，閒步東郊看犢耕。　垂楊左右因風舞，滿沼殘英，綠水多情，但願人間如水平。

清平樂

風吹葉去，何處天涯聚？燕子不知身在旅！念否霜侵故宇？　秋霜情重誰知？替花穿上黃衣。無奈花還似夢，年來又望春歸。

漁歌子 和紉詩女士韻

雨後殘陽弄小船，潮平竿靜釣斜川。山色轉，水光圓，孤鴻衝破白雲天。

擣練子

歸路靜，白雲忙，回首江山半夕陽。塵夢由來容易醒，不如林下置書堂。

東坡引 用稼軒韻

倚欄誰自怨？相思背春面，羈愁待訴傳書雁，那知音信斷！夕陽乍過了，畫樓東畔。更怕月，窗前滿。好花夢裡還相見，醒來秋已半！醒來秋已半！

清平調

隱隱平林閉玉關，蒼茫滿地鳥爭還。斜陽似筆非隨意，寫出前山又後山。

一斛珠

柳葉雙眉久不描，殘妝和淚濕紅綃。長門自是無梳洗，何必珍珠忍寂寥？

重重簾幕，逢秋難耐風蕭索，征鴻歸燕還相約。

北去南來，悵幾番搖落！心上眉間情似昨，疏狂也擬填溝壑，思春日日登樓閣。待得春回，又怕東風惡。

註　梅妃句也，明皇令樂付以新聲度之，號一斛珠。誦之使余傷懷感事，棖觸無端，倚聲成此。

南鄉子　遊道慈佛社

舊客踏新春，天外浮雲人近津。此際神仙尋夢去，無溫。滿眼飛花笑又顰。

燈下說前因。纔覺虛名只誤人！向晚江山風雨急，紅塵。勿繞枯禪佛後身。

望江南 題畫用清眞韻

三月暮，飛絮滿橫堤。旅夢新隨斜月淡，蟬聲欲到畫橋西。燕子蹴香泥。

青林下，攜手踏幽蹊。潮長忽驚原野薄，春歸仍愛鷓鴣啼。門掩意淒淒！

浣溪沙 甲申四月自題橋亭午飲，用吳夢窗韻

雲淡風輕認舊遊，重逢深盞洗離愁。長橋闌外好垂鉤。　雙燕受風斜作態，一溪涵草曼含羞。酒酣花下夢春秋。

臨江仙 自題江亭話舊圖，用楊升庵韻

水墨丹清臨紙上，千秋誰是豪雄？飛泉丘壑雁橫空。長林秋影醉，綠葉間黃紅。

一棹高歌迴野渡，幾株蘆葦驚風，幽人把盞又重逢。去年今日約，還似在夢中。

附錄

學畫的經過

我在七歲的時候，已經有寫畫的興趣了，但是可惜家裡沒有人來指導我，幸而也沒有人來呵責我。到了十歲的時候，才入校求學。校裡有圖畫一科，使我很高興，普通在堂上學的有蠟筆、鉛筆和水彩等，那時候我寫畫的機會更多了。

光陰過得很快，當在小學五年級的時候，有一天我忽然看見盧鼎公先生寫了一幅很精妙的山水畫。於是我便生了模仿的心理，回到家裡便默寫起來。但是，所寫的筆墨，卻不能表現我的意思。那時我便帶了這畫回校，請教於盧先生。他說出了這畫的壞處，並且說出了很多畫理。我聽了他的說話，便想著「無師不服」這句話，於是便拜了他爲師。從此以後，我天天便從他學習國畫。經過了三個月，我才能寫一樹一石，一年後才能寫整幅的畫。一日無意中給我看見了一張苦瓜老人的畫。當時我覺得這畫草率異常，沒有什麼好處。後來，經盧先生說了一遍青湘畫理，我才認識了石濤山水畫的好處。

後來我又知道寫山水畫的名家，各有他的面目。我學過文徵明、董其昌、王石谷、王原祈、藍瑛、八大山人、梅瞿山、倪雲林、龔半千、石溪、石濤等。而在此許多作家之中，我最服膺的就是石濤，因爲石濤的畫，筆簡意深，千變萬化，離奇蒼古、純任自然，集各家之法而自成一派。彷彿和寫字的王羲之一般。

其後，盧老師又介紹我到梁伯譽先生那裡學寫青綠山水。初寫的時候，覺得很困難。後來，總算學會了一點兒設色的方法，但是費梁老師不少心血來指導我了。

我學畫的歷程很短，我的畫實在是幼稚得很，希望大家不吝賜教才好。（華僑日報，一九五一年六月九日）

周士心畫展序

昔年讀士心先生畫而慕之，逮中國美術會成立時，始獲接席，覺其謙謙焉恂恂焉，與其畫風無異，讀其人之畫，識其人之行，庶幾至言矣。先生之畫疏而不薄，淡而有致。山水花卉均能變化古人，自出機杼，不與徒叫囂創作而無理法同也。蓋六法之諦有二：或以無韻勝，而筆墨出於無形，望之元氣淋漓，神秀之趣，溢於畫表，是爲上乘；或以技法勝，筆墨出於有形，墨中生巧，格律嚴正，神氣含於畫內者次之，然其極致，均需入神。昔滄浪論詩以禪理爲喻，余意作畫，亦何莫不然？今人論畫，每多濫言，至云墨分五色，黑之爲墨，有神而明之耳，焉止五色？意到處無色便是無色，山水中汀洲煙盡，自然是水；峰巒高下，雲自互之；然水與雲可不著一點墨者，何色之有？龔半千云：山厚雲自厚也。蓋皆以意象爲之，所謂意到筆不到，瑩澈玲瓏，不可湊泊。如空中之音，鏡中之象，豈區區於筆墨技巧者哉？今先生以其近作公之於世，囑余爲序，謹書讀其作品之積惑，先生之藝，無矯飾以悅世。先生之言，無矜誇以動眾，可謂品藝互貫矣。語曰：人品不高，用墨無法，先生於此，已悟解脫法門歟？

師生畫展弁言

丙申秋，余謁伯譽師於寓齋，時師方授徒，循循然善誘，不減昔日。旋出示同學近作，余覺其一樹一石，皆不背古人法，是能掇吾師之志者也。後一二年，有三數同學請於師，擬舉辦一師生畫展，而師以爲未可。蓋毛羽不豐滿者，不可以高飛；文章不成者，不可以誅伐。倘貿然自陳，徒貽譏者笑耳。今春有復請於師者，師笑頷曰：夫一藝之成也，必切磋而得之。君等習畫之年，以時驗之，或有寸進者歟？故陳之以公於世，亦佳事也。門人等稟命而行，玆已籌劃就緒，謹定於十五至十七日，於聖堂舉行師生國畫聯展。惟冀大雅君子，有以教之，是所厚望焉！

梁伯譽與中國傳統繪畫在港之貢獻

梁伯譽先生，別署一峰，廣東順德龍潭人，因自號龍溪居士。初名伯與，伯譽為其字，後以字行。生於清光緒二十九年癸卯年（一九〇三），父從事教育，書香世家，少慕丹青．長更精於六法。四十歲以後，摒絕世務，潛心寫作，十六歲時，即從族伯育儂先生習花鳥，對圖畫之基礎功夫做得十分穩固，丁卯年（一九二七）加盟廣州國畫研究會，於是與諸前輩觀摩磨啄，得到了他山之助，又從中山李瑤屏先生學習山水畫。

梁先生的山水畫，從清四王入手，繼而上溯明四家。三十年代後期，廣州動盪，避地來港，及香港社會秩序又起變化，於是蟄居九龍，不問外事，專志於寫畫，是時則由清（四王）、明（文沈仇唐）、元（倪黃王吳）、以至宋（二米）、五代（荊關董巨），皆深入研究繪寫。我們在他的代表作「萬里尋師圖」中，可窺全豹。

梁先生於丙子年（一九四六）與葉觀盛先生在友邦行天台花園，舉行書畫聯展，傾動一時，又於己丑年（一九四九）舉行個人畫展於港島遮打道思豪酒店畫廊，觀者慕名願從遊者眾。梁先生平居恬淡，以課徒鬻畫度日，我就是在他舉行個人畫展之後，從他學習山水畫的，緣起是我原有的老師盧鼎公先生（一九四八年從盧老師學習中國書法和山水畫）對我說：「我的畫講求意境，水墨寫意居多，至於筆墨的傳統技法、顏色渲染，則我不及梁先生，如果你要在這方面得到更深厚的根基，你應該追隨梁伯譽先生學習。」梁先生是盧鼎公老師的摯友，每個星期日，他們都有雅集，與會者有張紉詩女士、黃高年、梁藥山、黃思潛、林千石、陳千畝等先生，他們除了寫畫，還寫書法，行書、隸書條幅、對聯，時時看見他們振筆疾書，梁藥山老先生、張紉詩女士則負責作詩、填詞。我做書僮，周旋其間，作著研墨、洗筆、傳遞詩稿等工作。一九四九年夏天，我正式拜梁伯譽老師為我的山水畫老師了，同學們有李松光、英湛垣、郭麗碧等。

自此以後，每週禮拜天，梁老師都來盧鼎公老師家中教授我們，風雨無間，梁老師的山水畫用筆健挺，出入唐、宋諸大名家間，教學生時態度輕鬆，面露和藹之色。有一次，我寫了一張四尺宣紙的大中堂給盧鼎公老師看，盧老師說：「這幀畫的墨色和層次有問題。」我問：「是什麼問題？」他繼續說：「近處石塊不夠重，遠處的主峰，層次又分得不夠細緻，有上重下輕之感。」我不知如何是好，便道：「那怎麼辦？」盧老師說：「很容易，梁老師來上課時，你問他老人家如何處理？我肯定他必有辦法的。」我記在心裡，待得禮拜天，見到梁老師，便細說端詳，梁老師笑說：「問題不大。」於是拿起筆來在近處樹腳下輕鬆地鈎下數筆，半皴半擦，再加上幾點深黑色的苔點，又在遠峰中把層次略爲分清楚些，整幀畫便改觀了，使我佩服得五體投地。又有一次和梁老師討論用墨問題，他說：「用墨之道要黑白（白即淺淡之義）分明，你黑我就白，你白我便黑，即互相映襯的道理。」

梁老師作畫，細心經營，六法中的「經營位置」，他很能做得到，對山石樹木的大小遠近，他是絕對能掌握得到的，至於用筆，他經常提點學生的是，寫線條要「骨實」。骨實的意思，即「骨法用筆」也。的確，在他許多作品中，尤其是中後期的，他所寫的線條，眞是斬釘截鐵般寫出來，那些線條，落地鏗然有聲。

我在梁老師循循善誘下，不斷練習，亦臨摹明代沈石田、文徵明、龔半千等大家的作品。到了五十年代初期，已轉往九龍梁老師私人寓所上課，新同學不斷增加，有黃兆顯、黃兆漢、劉麗如、陳謙、陳華英、鄭社光、梁仕釗、王熾基、譚美容、梁願才、張永華、白龍淮、劉唯適、謝聯珍等。大約在五十年代末期，梁老師自置了九龍山齋，新弟子續有梁不言、何石、邱可兼、仇啓雲、羅醉山、羅文山、楊錫鏘、楊學仁、何思樵、林北河、吳子昌、梁靜妹、關山曉、鄧昶立、毛文福、曹金國、黃文龍、李道徹、馮秀雄、蔡振華、陳威華、陳威東、李兆禧、張慧玲、鄧秀媚、鄧曼姫、黃錫儒、陸暌綿、林湖奎、鄧萬松、李雄風、郭文祺、江峰、馬舜華、馬淑華、胡建華、李旭初、黃能、王子天、黃英、李華、羅文達、潘小嫻，日籍人士則有尾賀須美子、尾崎光子、松元都等。還有許多同學，一時恕不能盡錄。

梁老師的代表作「萬里尋師圖長卷」，就是在辛丑年（一九六一）完成的，原因是經濟穩定，又有足夠的空間放置大畫檯。

「萬里尋師圖長卷」：縱十八吋、橫四十呎，絹本設色。卷首由于右任先生題字，卷尾題跋有趙少昂、吳天任、陳荊鴻、黎心齋、蘇文擢、何竹平、潘小磐、陳秉昌諸先生、還有筆者。據我所知，梁老師由構思、初稿以至完成此圖，是兩經寒暑的。畫內景物用八家筆法寫成，分春夏秋冬四季景色。春景以宋代「李唐」、「范寬」、夏景以元代「王蒙」、宋代「米南宮」，秋景以元代「倪雲林」、明代「石谿」，冬景則以宋代「夏圭」及「梁老自創的筆法」。換言之，最後都是師法自然，寫出自己的面目來。

圖中故事，描繪一位畫家，帶領著一群學生，不知經歷幾許艱辛，作萬里之遊，希望尋得眞正的老師，結果明白到眞正的老師就是大自然。整幀長卷樹木千萬、人物數百、亭台樓閣、田野川流、雲山疊嶂、舟車騾馬等，無不各盡其態，觀者如置身畫中。（此圖現爲順德羅景雲先生所收藏。）梁老師在國畫方面的用筆、用墨是一脈相承地接受了傳統的精粹，特別是晚年，（約有十年時間）細意觀察、思考、理解到「氣韻生動」的境界，創出了自己的筆法來。但是梁老師在指導學生寫畫的時候，仍一定是授以傳統的基礎畫法，所以由四十年代開始，先後隨他學習的同學，沒有一個不是繼承傳統的，接受傳統、變化傳統，是通向創新的一條康莊大道。

梁伯譽老師數十年來在香港的國畫壇上，切切實實地作出了他的貢獻，我們一大群同學，受到了他的影響，直到現在。雖然有小部分旅居外國；但大部分仍然居住在香港，繼續他們的藝術活動，不論寫傳統的或參以新技法的，所作畫幅，均穩健而有畫意，因此，確實要深切地感謝梁老師給我們的指導。

一九七八年，梁老師爲二豎所困，兩度入院，藥石無靈，終於在七九年九月十四日與世長辭，享壽七十六歲。梁老師早年間作人物畫，晚年作品，筆墨沈雄洗練，以山水爲最，花卉、翎毛亦偶有爲之，而牡丹則揖讓雍容、色彩妍麗，不亞於山水也。（中立報，一九九九年九月二十日）

介紹劉麗如小姐的山水畫

凡寫易一幀山水畫，最重要是分清楚山石樹木的賓主位置；其次，便是遠近、向背、濃淡、疏密等；最後添置一些人物屋宇，作爲點景，但也要安放得體。

初學的時候，無論樹木、人物和舟車，一切都應該面對著古人的善本，從一筆一畫的基礎做起。如果囫談創作，到頭來便會一事無成。譬如畫樹：先是寫好了樹幹，然後添上小枝；等到技法純熟以後，又加上各種不同形的葉子。畫石也和畫樹一樣：先寫輪廓，再在輪廓之內加上數筆，這叫做石紋；石紋畫好了，再用皺法。這些話說來似是很普通，但都是初學不二法門呢！

劉麗如小姐這次展出的作品，過半數是我親眼看見她寫出來的，一點兒也沒有離開過我上面所說的辦法去做。遠在八年前，他便追隨著梁伯譽老師學習山水畫，只問耕耘，不問收穫地去寫作。故每成一畫，裡面都含有很多古人的道理；和那些僅得學習了六七個月便高舉藝幟來獲取聲名的人，眞是不可同日而語的啊！因爲她不好名利，所以知道她中規中矩底作品的人也不多；而這次公開展覽，鵠的是把多年來寫作的成績，供給大家來批判一下，希望能多收些客觀的意見。

（華僑日報）

潘筱雲的畫

中國畫在宋代算是發展完備而且發出光芒萬丈了，後來元明清各朝都有他們的創展和面目。但都過不了宋代的法則，無論用筆、用墨、著色、章法等都是。因爲社會進步，所以各家也會隨著時代另創新的意境。

創新，有人認爲是了不起的大事，以爲除了天資卓絕，名人大家外，平常人幹不了。其實不然，畫之有面目，彷佛和人有他的臉孔一樣；又因人的生活環境與遭遇不同，所以思想見解隨之而異。作畫是表現性靈和情感的，創作者有了基本的不同，那麼，寫出來的東西自然不同。又有甚麼好奇怪呢？不過，在用筆用墨時，盡量去接受古人遺留下來的優點，再把自己所讀的書，所看見的大自然景物和做人心得等的各種經驗，與意境合起來，寫在紙上就行了。

切忌只懂模仿和守舊，我們生活在二十世紀的社會裡，政治不斷革新，科技不斷發達。就身體而言，體內的細胞也不斷新陳代謝。爲甚麼寫畫要被那些模仿主義者拉著鼻子走呢？用筆的家法是我們體內的骨幹，世世代代不會變掉的。但是，畫面恰好如細胞一樣，永遠在轉變的啊！

在一群女畫家中，我覺得潘筱雲小姐最有自己的一種風格的。她是鮑少游、梁伯譽、趙少昂和梅與天數位老師的高足。這幾位老師中，有取了時代的維他命而用在他們的作品中，用他們的筆，把工力寫在紙上，自然成家；也有寫古畫的專家，對古人各派各法，都研究得很深入。潘女士恰好是數位老師的中和，而不是時下所說的新派畫家所能步武的啊！如果沒有了筆墨，沒有氣韻，背叛了古人的理法而另作高論，絕對是無根之談。例如甚麼寫生新法？甚麼走新方向創作？他們自以爲意見高超，我卻笑他們是粗惡叫囂罷了！

（華僑日報）

孔聖堂中學校史

孔子心目中最高之人生理想，厥爲聖人，《論語・述而》篇有載：「子曰：若聖與仁，則吾豈敢，抑爲之不厭，誨人不倦，則可謂云爾已矣。公西華曰，正唯弟子不能學也」。公西華之所謂不能學，學未及也，非不能也。今日吾人於此而言教育，當以孔孟之道爲依歸，以傳統文化與固有道德爲根本，敦品勵行，健全身心，斯然後教育有成，人心自正，社會進步，亦由是而達，此孔聖當之所以建立，而孔聖堂中學所以興辦之鵠的也。

一　大成中學

孔聖堂，創始於民國十七年（一九二八），初由曾富君建議，簡孔昭君捐獻自置加路連山十二萬餘方尺土地，爲興建孔聖堂堂址。經陳煥章，盧湘父，雷蔭蓀及本港人士，熱烈幫助下，募款八萬元，先完成地基，續又由簡孔昭君，承其先考朗山先生遺志，捐款五萬七千餘元，建築孔聖講堂，於民國二十四年（一九三五）落成，先創立講習會，敦請耆宿名儒演講孔孟之道，旨在正人心，息邪說。繼欲倡我國優良傳統文化，培育下一代，從學校教育開始。曾於戰前辦兒童健康院，由雷蔭蓀先生等倡之，朱汝珍太史爲院長，唐應鏗先生爲副院長，免收學費，且供食宿，行之二年，而戰禍作，院務中止。一九四六年光復後，由黃錫祺先生出任會長，至一九五〇年，雷蔭蓀君等創辦大成學院，附設中、小學兩級，在孔聖講堂地下，二樓分設課室，學生合計約百餘人，由雷蔭蓀君執掌校政，黃詵棣先生爲教導主任，雷君於一九五三年退休。

二　孔聖堂中學

一九五三年，隨雷蔭蓀君退休，大成中學遷址，於是創辦孔聖堂中學，接替大成。其時由董事會推出楊永康，陳仲池，何理甫，鄭植之，林國珍諸先生爲委員，負責辦理，楊永康先生爲首任校監，朱希文先生爲教導主任，仍繼大成遺規，設中，小學兩部。並向教育司署立案，註冊爲私立不牟利中學。開辦有初中一，二，三年級四班；小學五，六年級共兩班，合共學生二百餘人。翌年（一九五四年）以辦理認眞，得社會人士信賴學生報名入學者漸眾，乃辦有中一至中三年級五班，小學五，六年級二班，合共七班，學生三百餘人。先後聘請林仁超，何壽康先生爲校長。又增辦小學一、二、三、四各班，學生人數亦達二百餘人。至此學生人數總額達到五百餘人。

三　籌辦新校

一九五五年，校董會委員鄭植之先生以事務繁忙，無暇兼顧，改選黃福鑾先生，以承其乏。迨一九五七年以學生人數漸多，原有課室，不敷應用。且高中各級，尙付闕如，對全盤教育計劃，未達理想，校監楊永康先生，教育股主任林國珍先生，及學術股主任梁端卿先生，倡議貸款建校，計議新校舍規模爲一有課室二十四間，設備完善之大型建築物。然茲事體大，非少數人之力所能完成，乃迅即成立籌建校舍委員會，著手辦理。一九六〇年許讓成先生接掌堂務，對建校之事，深表同情，遂肩任其事，銳意進行。是時，建校工作，因地權問題影響，遲遲未能實施（蓋當年簡翁贈地與本堂時，創堂時期之籌備會長曹善允律師，將地送與政府，再由政府送回本堂，指定該地只准用作辦理文教事業。詎料在辦理轉讓手續時，適因戰禍突發，事未辦妥而被逼停頓。戰後復員，雖曾擬繼續進行，奈因種種其他關係，復遭擱置）。許讓成先生，以爲圖建校，非從速辦妥地權手續不爲功，於是努力進行，多方奔走，卒使多年懸案，得以解決。一九六四年新校舍建築費預算逾一百萬元，除獲得政府免息貸款六十萬元之外，尚須自籌三十萬元。建築工程於一九六四年三月開始，至一九六五年夏完成，從此巍峨校舍，矗立於加路連山之麓。

四　新校初期

新校舍於一九六五年夏完成，同年秋開始啓用，第一任中，小學校長，聘請鄧志強先生擔任。學制仍分中學，小學兩部，註冊立案，亦爲私立不牟利學校。中學爲全日制，由中一年級至中五年級，參加中文中學會考。小學爲半日制，分上下午班，均由小一至小六年級。中學十一班，學生約三百人，小學上下午班，學生約五百人。一九六七年三月，小學部接受教育司津貼，改爲孔聖堂政府津貼小學，教務處及課室設於樓下一層；中學課室及實驗室設於二、三、四樓，仍為私立不牟利學校。同年八月，鄧校長去職，中學聘請梁隱盦先生繼任中學校長，小學校長則由朱克澄先生出任。

五　校舍發展

一九六七年九月，梁隱盦校長接任後，即從事校務興革，設獎助學金額，著重品德教育，以「管」重於「教」爲施教方針。於一九六八年增設中六預科班，每學期均舉辦體育、音樂、國畫、書法訓練班，至今不替（一九八三年起增開國術班）。一九七二年起，中一至中三，先後接受教育署按位資助，全校學生有百分之七十獲得教育署減免學費。一九七四年又獲得許讓成會長以讓成置業公司名義捐助大學教育四年助學金，獎勵本校畢業生就讀香港兩間大學及海外大學，學生班級人數，至一九七六年，中一至中六共二十二班，合計約一千一百人。其後併中四、中五亦接受政府按位資助，至現在人數均穩定於八百人左右。

一九六九年在大會堂舉行師生寫杜詩書畫聯展，一連四天；一九七三年又再舉行師生書畫展於大會堂低座，頗獲社會人士好評，歷年教署主辦之暑期寫生及港九各大社團主辦之書畫比賽，本校學生，亦常掄冠軍。自一九六八年參加音樂節中文朗誦比賽，獲得冠軍，隨後全港男子足球，女子籃球學界比賽，亦獲冠軍，此爲平時課外活動小組之效果也。

一九八〇年夏至八一年冬，梁校長，許校監先後去世。由繼任孔聖堂會長張威麟先生接任中學校監（小學校監則由岑才生先生出任）。聘請黃定漢先生任中學校長，復接受政府按位資助至中六（預科）班。翌年黃校長去職，李德超先生代理校長職務。至八四年九月，改聘李金鐘先生擔任校長。

張威麟先生出任校監以來，於學校事宜。銳意發展，先後捐出巨資，將禮堂、校舍，裝修一新；並於張觀鳳獎學金外增設紀念梁隱盦校長獎學金。至於校內所需工程，張先生一力肩承，完成修建，又將校園重新建設，花園廣場等處，均以新姿態出現，使人遊覽其間，舒適自如。本校位於加山之麓，林木茂盛、花草鮮妍，雕欄石砌，具見整潔，面積凡十二萬餘平方尺，學生課餘流覽，精神至感愉快，實爲鬧市中少有之遊憩場地。建校所貸之款，於一九七六年前全部清還，至於現在積極發展所需款項，概由張會長慷慨撥捐。

一九八五年爲孔聖堂成立五十週年金禧紀念，張會長以張觀鳳基金義，委託堂務辦事處，興建觀鳳亭，書劍軒；亭則建造於學校升旗台上孔聖像之側，軒則設於校園後段。

五十週年紀念爲孔聖誕日，除特別舉辦隆重慶祝儀式外，同日觀鳳亭，書劍軒揭幕，孔學出版社之中，英，西，葡四國文字全套精裝論語，亦同時展出。備供閱覽。復有舞龍，舞獅等遊藝節目助興。所至社會賢達，學生家長熱烈參加，並賜指導，無任盼禱之至。（一九八五年七月十九日）

文化生活叢書．詩文叢集　1301027

雲外樓詩詞集

作　　者　關應良
主　　編　楊永漢
責任編輯　蔡雅如
特約校稿　林秋芬

發 行 人　陳滿銘
總 經 理　梁錦興
總 編 輯　陳滿銘
副總編輯　張晏瑞
編 輯 所　萬卷樓圖書股份有限公司
排　　版　游淑萍
印　　刷　品羅印刷設計
封面設計　斐類設計工作室

發　　行　萬卷樓圖書股份有限公司
臺北市羅斯福路二段 41 號 6 樓之 3
電話 (02)23216565
傳真 (02)23218698
電郵 SERVICE@WANJUAN.COM.TW
大陸經銷　廈門外圖臺灣書店有限公司
電郵 JKB188@188.COM
香港經銷　香港聯合書刊物流有限公司
電話 (852)21502100
傳真 (852)23560735

ISBN 978-957-739-998-4
2016 年 6 月初版
定價：新臺幣 200 元

如何購買本書：

1. 劃撥購書，請透過以下郵政劃撥帳號：
   帳號：15624015
   戶名：萬卷樓圖書股份有限公司
2. 轉帳購書，請透過以下帳戶
   合作金庫銀行　古亭分行
   戶名：萬卷樓圖書股份有限公司
   帳號：0877717092596
3. 網路購書，請透過萬卷樓網站
   網址　WWW.WANJUAN.COM.TW

大量購書，請直接聯繫我們，將有專人為您服務。客服：(02)23216565　分機 10

如有缺頁、破損或裝訂錯誤，請寄回更換

國家圖書館出版品預行編目資料

雲外樓詩詞集 / 關應良著 楊永漢主編. -- 初版. -- 臺北市 : 萬卷樓, 2016.06
面；　公分. -- (文化生活叢書. 詩文叢集)

ISBN 978-957-739-998-4(平裝)

851.486　105006461